山海經數字幻旅 9

黃帝大戰蚩尤（上）

在成長數字教育開發團隊 編繪

全書錄音

中華教育

在東海之濱，靈賢和靈盼與精衞告別後，聽聞有位名叫黃帝的英雄。他本領高強，統一了中原大地，還在黃河邊建立了強大的軒轅部落。那裏的百姓安居樂業，日子過得可幸福啦！於是，靈賢、靈盼決定去拜訪這位了不起的人物。

誰知，他們剛走到半路，就看見一個叫蚩尤的傢伙，帶着八十一個獸人兄弟，正朝着同一個方向行進。他們一邊走一邊大聲吵嚷着。

「他黃帝能統一中原各部落，憑甚麼我蚩尤不行？我們有這麼多兵器，還能怕了他不成！」蚩尤說道。

「沒錯，黃帝今天能統一中原部落，明天就能吞併我們的部落。不如我們先下手為強，讓那黃帝部落的人都給我們當奴隸！」蚩尤的兄弟說。

靈賢和靈盼聽到蚩尤和獸人的談話，心裏頓時一驚，趕忙讓乘黃飛快點。他們要立刻把這消息帶給黃帝。

很快，他們就來到了黃帝所在的涿鹿地區。這裏的人們果然如傳聞那般悠閒自在，然而這樣平靜的生活馬上就要被蚩尤打破了。靈賢和靈盼趕忙找到了黃帝。

「不好啦！不好啦！」靈賢和靈盼迫不及待地說：「蚩尤帶着八十一個獸人兄弟趕來啦，他們說要打過來呢！」

誰知黃帝聽後並不十分驚訝，只是皺了皺眉頭。原來那東方的蚩尤早就屢犯邊界，頻頻挑釁。黃帝生性愛民，本不想大動干戈，一直試圖勸蚩尤休戰，但蚩尤不僅不聽，反而變本加厲。黃帝無奈歎息：「若我失去天下，讓蚩尤掌管，臣民必將受苦；若姑息蚩尤，那是養虎遺患。如今他不仁不義、肆意侵犯，我們只能好好教訓他一下了。」

於是，黃帝親自帶兵出征，與蚩尤對陣，並派出了熊、羆、貔、貅、貙、虎這些勇猛善戰的野獸奔赴涿鹿迎敵。這些野獸們一踏入戰場，便展現出驚人的野性與力量。

蚩尤這邊的士兵也不簡單，個個銅頭鐵額，剽悍善戰。兩邊打得十分激烈！

就在這關鍵時刻，蚩尤施展妖術，製造出迷霧。四周頓時變成白茫茫一片，甚麼都看不見。黃帝的兵士被困在迷霧中，辨不清方向，看不見敵人，蚩尤部落趁機向南逃竄。

這可如何是好？黃帝的士兵在迷霧中既看不清敵人，也找不到回營的路。四面八方都是茫茫迷霧，靈賢、靈盼只得大聲呼喊黃帝，黃帝也大聲回應他們：「要想破除迷霧，找到方向，需要用到指南車。指南車的圖紙在崑崙山的西王母那裏，請你們速去取來！」

靈賢和靈盼騎着乘黃衝出迷霧，一刻不停歇地朝着崑崙山飛去。

崑崙山可真美呀！西王母的宮殿金光閃閃，富麗堂皇。西王母正端坐在寶座上給三青鳥餵食。靈賢和靈盼趕緊行禮，說明了自己的來意。西王母便把圖紙和材料交給了他們。

接着西王母又從袖子裏取出一片綠綠的葉子，說：「這是不死樹的葉子，你們拿着吧，會有用處的。」

兩人謝過西王母就急忙往回趕。

回到部落，大家立刻動手做指南車。你搬木頭，我裝輪子，不一會兒，指南車就做好啦！推一推、試一試，車雖轉動，車上小人的手卻始終指向南方，指南車做成了！眾人忍不住歡呼！

指南車很快被送到了前線，黃帝憑藉指南車的指引，迅速調整陣型。部隊有序行動，成功突破了蚩尤精心佈置的包圍圈，讓蚩尤圍困黃帝軍隊的計劃徹底落空。

可黃帝軍隊剛逃出了迷霧，怎料又陷入了更大的危機！蚩尤派出了他的王牌軍團——魑魅魍魎部隊。魑魅長着人臉獸身，四隻腳，擅長長途奔襲；魍魎耳朵長、眼睛尖，善於迷惑敵人。蚩尤率領這支詭異的部隊一路追擊，黃帝軍隊簡直無處可藏。

為了振奮軍威，黃帝決定用軍鼓鼓舞士氣。他聽聞東海流波山上住着一頭怪獸叫「夔」，牠吼叫的聲音如同打雷。黃帝說：「若用牠的皮做戰鼓，再配上雷澤雷神之骨做鼓槌，鼓聲震天，我軍士氣必定大振。」

「我們去向他們要！」靈賢和靈盼主動請纓，騎上乘黃，朝着流波山出發。

靈賢和靈盼來到流波山，乘着小船划進了一片雷暴區。

只見夔緩緩走了出來，身上到處都是霹靂啪啦的電閃弧光。牠大吼一聲，那聲響似雷聲一般震耳欲聾，整座山都被震得搖搖晃晃。

靈賢和靈盼捂住耳朵，小心翼翼地說：「黃帝軍隊急需振作士氣，可以給我們一小塊您的夔皮做軍鼓嗎？」

「想要我的皮，你們得幫我做一件事。」夔緩緩說道：「你們要為我帶來一片不死樹的葉子。吃了那不死樹的葉子，我就能長生不老啦。」靈賢和靈盼聽到高興極了，他們身上正有一片西王母給的不死樹葉子，於是連忙奉上。

夔滿意地點點頭說：「這是我千年前蛻下的雷紋皮，便贈予你們吧！」

告別夔後，靈賢和靈盼趕赴雷澤尋找雷神。雷澤電光密佈，只見人首龍身的雷神正敲擊着腹部，發出巨大的轟鳴。

聽聞他們的來意後，雷神大笑起來，震落滿天雨雲道：「那就用我這雷神骨敲響夔皮戰鼓吧！」

黃帝得到夔皮戰鼓和雷神骨槌，視若珍寶。兩者組合，鼓聲震天，一震五百里，連震三千八百里。黃帝用鼓聲號令士兵行動，軍威大振，殺得蚩尤部隊連連敗退。然而，蚩尤卻在此時突然消失了，他的軍隊也隨之退入一片神秘的山谷之中。

黃帝的軍隊在山谷外不敢輕舉妄動。而此時，軍中開始流傳一些關於蚩尤的恐怖傳言，說他正在谷中施展更為強大的妖法，準備給黃帝致命一擊。黃帝表面鎮定，內心卻十分憂慮。他不知道蚩尤究竟在謀劃着甚麼，也不確定自己是否能找到應對之策，這場戰爭的走向變得愈發撲朔迷離……

動力種子 Magic Bean

沉浸閱讀

多元化內容

主題涵蓋中國傳統文化、歷史、個人成長，內容應有盡有

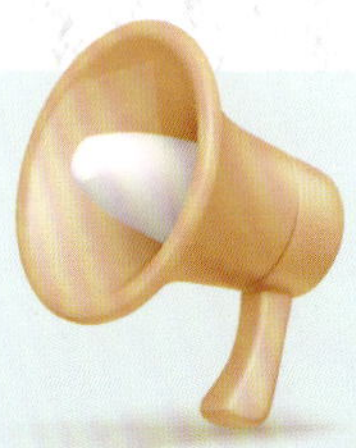

配音隨時聆聽

配有普通話配音，隨時想聽就聽

實體書

電子版

精美圖畫細節滿滿

電子版獨有更寬、更大構圖，呈現更多細節

一個為兒童創作繪本，提供繪本閱讀和創作功能的電子平台。每年更新大量優質繪本，提供有趣的繪本互動功能，更具備獨創繪本「創讀」工具，讓兒童隨時閱讀、隨時創作，激發兒童的閱讀興趣和創造能力。

一點就變

長圖拖動變化

任意拖動人物互動

豐富閱讀體驗，
讓孩子養成閱讀習慣！

發揮創意

改編、創作兩大模式

配音功能

靈賢

请配音

取消 確定

故事人物個性配音，發掘聲音演繹天賦

創作功能

天馬行空隨意畫，激發孩子想像力

發揮孩子奇思妙想，
深入創造人物，改編精彩故事！

書友交流

分享討論繪本心得

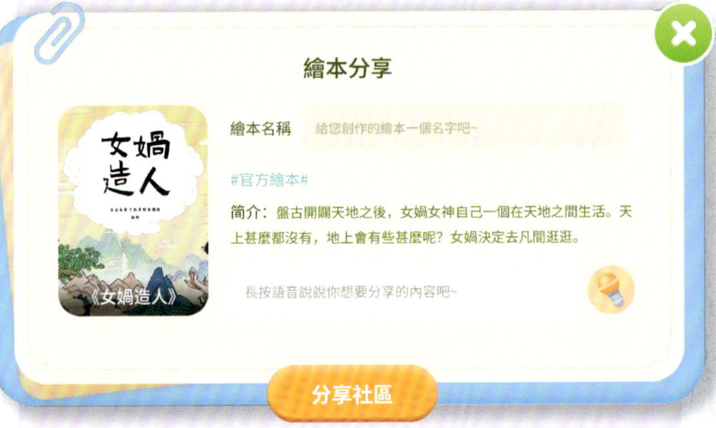

查看好友閱讀動態

分享閱讀樂趣，
知己共同創讀！

山海經數字幻旅 9

黃帝大戰蚩尤（上）

在成長數字教育開發團隊　編繪

總策劃　楊江波　周建華
教育顧問　謝錫金　沈雪明
文案設計　王思琪　吳　非　張如婷　李曼琳
插畫設計　王　倩　劉　瑩　顧啟航
配樂創作　楊若辰
技術開發　臧明正　馬一凱　張軍成　劉　爽　祁自豪
地圖繪製　張相偉

責任編輯：潘沛雯
裝幀設計：在成長數字教育開發團隊
排　　版：在成長數字教育開發團隊
印　　務：劉漢舉

出版｜中華教育
香港北角英皇道499號北角工業大廈1樓B
電話：(852) 2137 2338 傳真：(852) 2713 8202
電子郵件：info@chunghwabook.com.hk
網址：http://www.chunghwabook.com.hk

發行｜香港聯合書刊物流有限公司
香港新界荃灣德士古道220-248號 荃灣工業中心16樓
電話：（852）2150 2100　傳真：（852）2407 3062
電子郵件：info@suplogistics.com.hk

版次｜2025年7月第1版第1次印刷

規格｜16開（244mm x 215mm）

ISBN｜978-988-8914-32-6